文‧圖｜**明琪 minchi**

　　2017年日本MOE繪本職人大賞新人賞第一名。

　　1971年出生於日本京都，目前居住於兵庫縣。藝術家、插畫家。擅長以壓克力顏料繪製奇幻風格的作品，在日本及歐美各國都有展出。2016年和法國導演 Aude Danset共同製作3D動畫短片「Mishimasaiko」，擔任原文創作及藝術指導，在法國安錫國際動畫影展等各類國際影展上映，獲得無數國際獎項。繪本作品有《寶寶這種生物》（小天下）。

　　明琪個人網站：http://minchi.info/

翻譯｜**黃惠綺**

　　畢業於日本東京的音樂學校，回臺後曾任日本詞曲作家在臺經紀人。因與小孩共讀發現繪本的美好，相信繪本之力能讓親子關係更緊密，也能療癒每個人的心，因此將推廣繪本閱讀作為終身職志。現在為「惠本屋文化」書店的店主、「惠子的日文繪本通信」版主、童書譯者。

都是我的寶物！

文‧圖／明琪 minchi

翻譯／黃惠綺

看起來像垃圾，其實不是喔！

五花八門的寶物排行榜開始嘍！

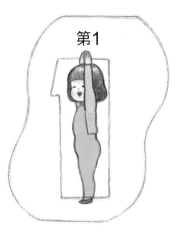

第1

橡皮擦屑

收集起來並揉成一團，
就成了軟橡皮。
（用了也不太會減少）

第2

色鉛筆削下來的碎片

捲曲的
波浪狀很
漂亮。

第3

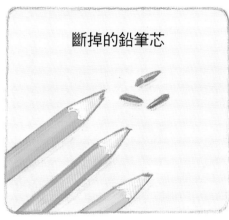

斷掉的鉛筆芯

還可以用喔！

第4

碎掉的橡皮擦

可以擦掉很
細的地方，
非常好用。

第5

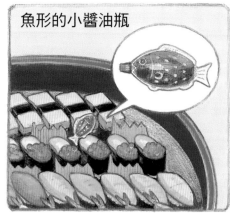
魚形的小醬油瓶

玩撈金魚遊戲。

撈網

第6

壽司盒裡的
山型葉

拼貼圖上的草叢。

第7

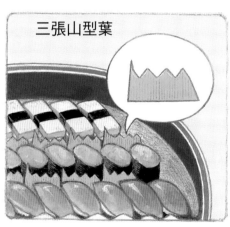
三張山型葉

組合起來
就是一頂
皇冠嘍！

塑膠袋

第8

用來固定吐司袋的
塑膠扣環

是時髦又特別
的髮飾。

第9

香蕉上的貼紙

奇異果也有↑

把它們都收進貼紙本裡吧！

第10

做美勞時剩下的碎紙

可以收集起來再利用。

很可愛的心形

寶物盒↑

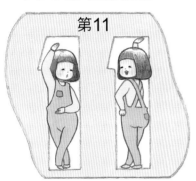
第11

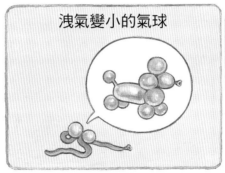
洩氣變小的氣球

有氣的地方還是很可愛。

第12

用過的舊毛巾

可以當玩偶的棉被。

第13

空紙箱

變成玩偶的床鋪。

第14

各式各樣的容器

用來做有趣的實驗吧!

第15

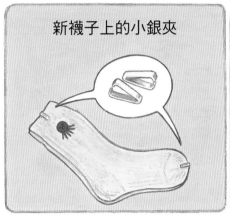

新襪子上的小銀夾

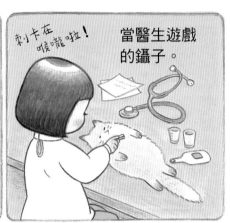

刺卡在喉嚨啦!

當醫生遊戲的鑷子。

第16

一段毛線和夾鏈袋

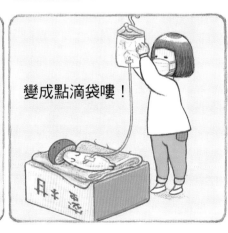

變成點滴袋嘍!

第17

一段毛線和空的寶特瓶

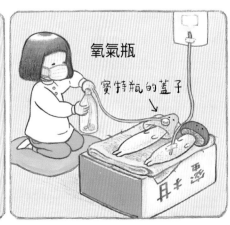

氧氣瓶

寶特瓶的蓋子

第18

茶包的外包裝

做成迷你信封袋。

第19

過期的集點卡

當成名片。

請多指教！

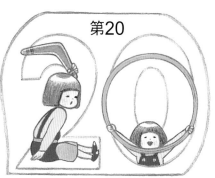
第20

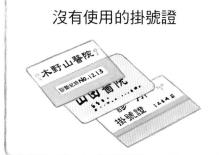
沒有使用的掛號證

木野山醫院
診斷記錄No.12.13
山田直子
診療
掛號證 12345

假裝是信用卡。

請幫我刷卡結帳。

啊！

第21

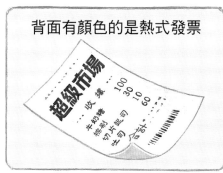
背面有顏色的是熱式發票

超級市場
……收據……
牛奶糖 100
棉秘 30
切片乳司 10
乳司 60
合計……

跟一般的不一樣，好稀奇！

寶物盒

第22

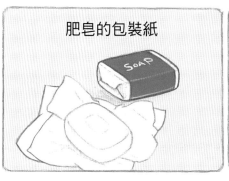
肥皂的包裝紙

SOAP

聞起來香香的，好舒服。

第23

便利商店的
塑膠袋

氣球

第24

超市的
塑膠袋

泳裝

←靜雨電

第25

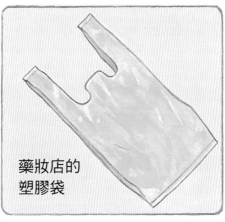

藥妝店的
塑膠袋

嬰兒背巾

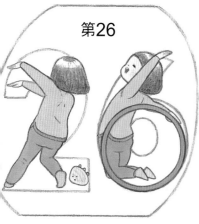

第26

各種塑膠袋

揉成一團變成球。

第27

醬油瓶的拉環

當戒指收藏

第28

綁點心的束口帶

可以改變造型的戒指

第29

糖衣錠的包裝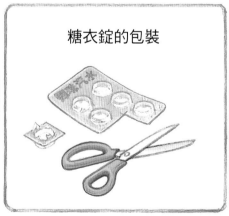

扮家家酒的
小盤子

第30

蠶豆的殼

玩偶的餐盤（有點豆子味）

第31

小包裝的糖果空盒

名片盒

第32

稍微大一點的糖果空盒
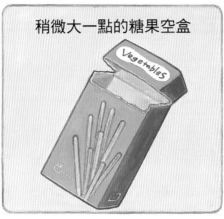

鉛筆盒

第33
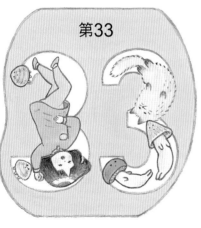

一段毛線和空盒
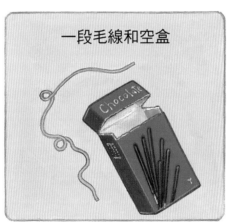

肩背包

第34

咖哩調理包的空盒

平板電腦

第35

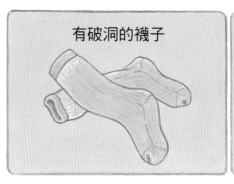

有破洞的襪子

毛線 → 鈕扣

做成手偶。

第36

有破洞的襪子

玩偶的衣服

第37

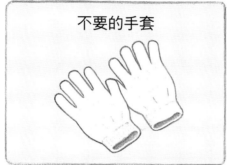

不要的手套

也是玩偶的衣服

第38

爸爸的舊襯衫

廚師的圍裙

第39

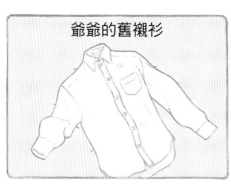

爺爺的舊襯衫

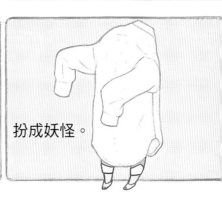

扮成妖怪。

第40

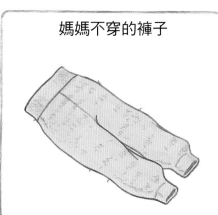

媽媽不穿的褲子

整件包住身體超有趣。

第41

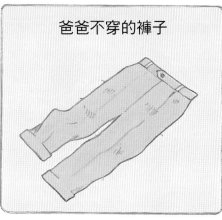

爸爸不穿的褲子

扮古裝
武士

第42

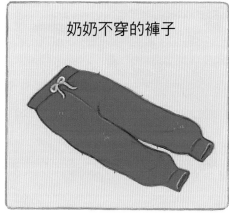

奶奶不穿的褲子

美人魚的尾巴

第43

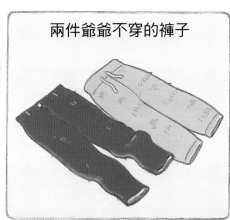

兩件爺爺不穿的褲子

四隻腳的海星

第44

點心時間

肥皂盒

行動電話

喂喂，請問，是警察嗎？我這裡有緊急狀況！

啊

第45

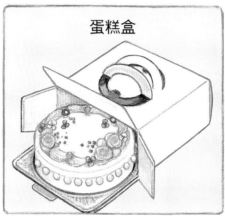

蛋糕盒

披薩外送員

這是您點的總匯披薩。

第46

桌子

面紙盒和捲筒衛生紙的芯

吉他

歡迎大家來聽我的演唱會！

彈

橡皮筋

第47

一個面紙盒加上很多捲筒衛生紙的芯

咻咻

吸塵器

第48

空的寶特瓶

可以吹出好聽的聲音

呦～

第49

空的寶特瓶

花瓶

第50

三個空的寶特瓶

漂亮的擺飾（裝置藝術）

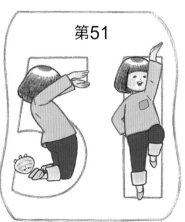

第51

十個空的寶特瓶

保齡球瓶

塑膠袋揉成的球

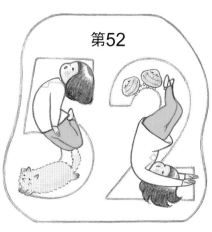

第52

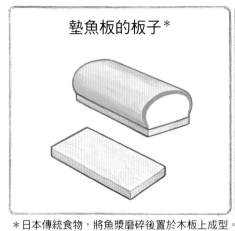

墊魚板的板子*

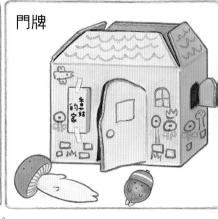

門牌

*日本傳統食物，將魚漿磨碎後置於木板上成型。

第53

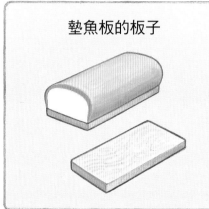

墊魚板的板子

扮家家酒的砧板

第54

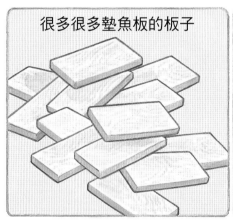

很多很多墊魚板的板子

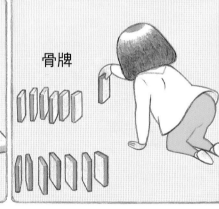

骨牌

第55

很多很多墊魚板的板子

木琴

第56

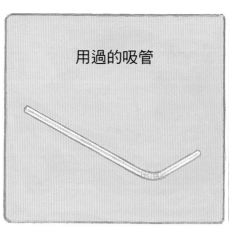

用過的吸管

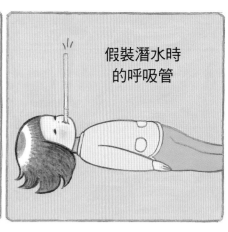

假裝潛水時
的呼吸管

第57

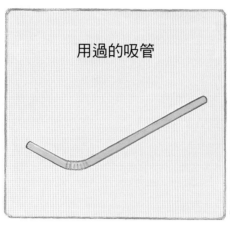

用過的吸管

吹箭

第58

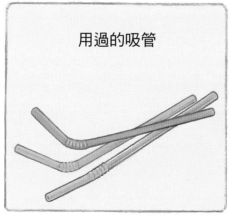

用過的吸管

沒有聲音的三角鐵

第59

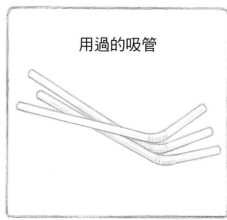

用過的吸管

筆管麵沙拉

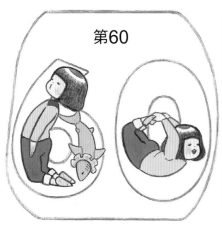

第60

去年的月曆

視力檢查表

筷子

湯匙

第61

去年的月曆

素描本

第62

去年的月曆

接在一起變成
神祕的卷軸

第63

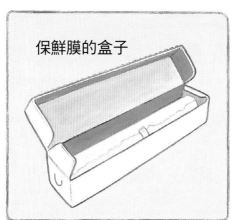

保鮮膜的盒子

存放神祕捲軸的盒子

第64

捲筒衛生紙的芯

看得很遠的望遠鏡

第65

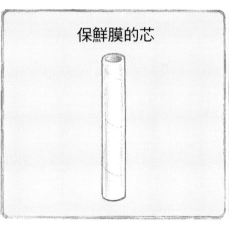

保鮮膜的芯

看得更遠的望遠鏡

第66

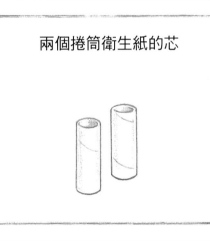

兩個捲筒衛生紙的芯

看到的東西變得很立體

第67

纏在一起的毛線和
捲筒衛生紙的芯

麥克風

毛線球

第68

纏成一團的翻花繩*

還是可以玩
花樣比較小的
翻花繩。

＊源自漢代的遊戲，用一條繩子在兩手間編出不同花樣。

第69

餅乾盒上的蝴蝶結

把自己打扮
得像禮物一
樣可愛。

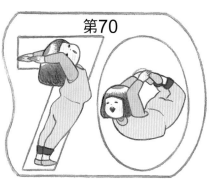第70

生日禮物上的蝴蝶結

韻律體操
的繩子

第71

餅乾包裝上的蝴蝶結

讓玩偶也變得很可愛。

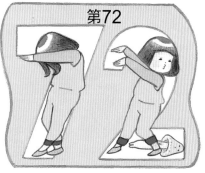第72

聖誕禮物上的蝴蝶結

遛玩偶

第73

蘋果的網套

縷空的時髦裙子

第74

水蜜桃的網套

拆開後變成烏龍麵。

第75

哈密瓜的網套（粉紅色）

針織帽

桌球

第76

哈密瓜的網套（橘色）

拆開後變成肉醬義大利麵。

第77

藏在袋子裡的破碎落葉

寶貴的秋天回憶

第78

狗尾草

搔癢很方便，

但很快就乾枯了。

第79

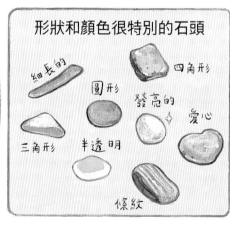

形狀和顏色很特別的石頭

細長的
四角形
圓形
發亮的
愛心
三角形
半透明
條紋

說不定是很珍貴的寶石。

長大之前先
收藏好吧！

Cookies
寶石

第80

沙灘的沙

有很多小小的貝殼

第81

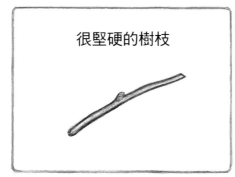
很堅硬的樹枝

很好用的
沙畫畫筆

第82

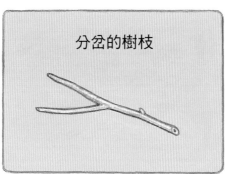
分岔的樹枝

可以畫出漂亮
圓形的畫筆

第83

分三岔的樹枝

叉子

飯

第84

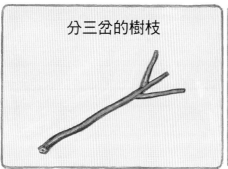
樹枝和落葉

和玩偶比賽
擊劍。

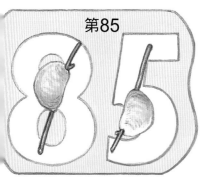
第85

看不出來
是什麼

？

樹枝

原來是螳螂卵！

讓我們選出，　　　　　　　　寶物排行榜中最受歡迎的！

第一名是……

實在無法分出高下。

所有的寶物，大集合！

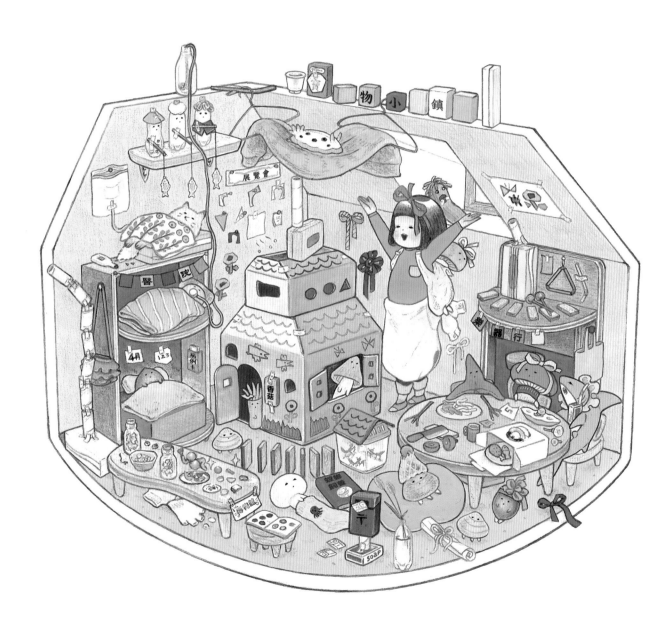

每一個都是很重要的寶物喔！

在家就能培養創造力與美感力

文／大金剛老師（大金剛塗鴉遊戲動物樂園園長）

學齡前的孩子尚未受到太多框架限制，創作能量最豐富，也是美感啟蒙的重要時期，身為陪伴者的我們，只需要給予他們充裕的時間與機會去探索嘗試，他們就能從生活中的小事物，慢慢累積對美的感受。利用廢材創作就是很棒的一種探索方式！

閱讀《都是我的寶物！》時，腦海中常浮現一些與書中似曾相識的童年回憶，例如：把晒衣夾當長長的手指甲、剝下的瓜子殼當錢幣玩扮家家酒、把切開的柚子皮當帽子戴等。這些將回收物發明與創造的過程，不正是一種對自我的肯定和建立自信心的關鍵啟蒙期嗎？

喜歡撿東西的孩子，都是發自內心對周遭的事物充滿好奇，才會在小腦袋瓜中不斷的思考，並產生視覺與過往經驗的連結，然後付出「撿」和「做」的動作行為，最後把成品當成寶貝愛不釋手的收藏。

因此當我們跟孩子一起分享這本繪本時，我們可以刻意保留一些家中的回收物，讓孩子去觀察，哪些物品有再利用的可能？哪些東西還可以創造出不一樣的生命？只要我們願意提供安全的環境讓孩子盡情探索，並鼓勵他們自己動手做，相信創作過程中的感動以及完成作品的快樂，都會是親子間獨一無二的回憶。

精選圖畫書　**都是我的寶物！**　文・圖／明琪 minchi　翻譯／黃惠綺

總編輯：鄭如瑤｜主編：詹嬿馨｜美術編輯：張雅玫｜行銷主任：塗幸儀
社長：郭重興｜發行人兼出版總監：曾大福｜業務平臺總經理：李雪麗｜業務平臺副總經理：李復民
海外業務協理：張鑫峰｜特販業務協理：陳綺瑩｜實體業務經理：林詩富
印務經理：黃禮賢｜印務主任：李孟儒｜出版與發行：小熊出版・遠足文化事業股份有限公司
地址：231 新北市新店區民權路 108-2 號 9 樓｜電話：02-22181417｜傳真：02-86671851
劃撥帳號：19504465｜戶名：遠足文化事業股份有限公司
客服專線：0800-221029｜客服信箱：service@bookrep.com.tw

E-mail：littlebear@bookrep.com.tw｜Facebook：小熊出版
讀書共和國出版集團網路書店：http://www.bookrep.com.tw
團體訂購請洽業務部：（02）2218-1417 分機1132、1520
法律顧問：華洋法律事務所／蘇文生律師
印製：凱林彩印股份有限公司
初版一刷：2020 年3 月
定價：320 元｜ISBN：978-986-5503-17-8

小熊出版讀者回函　小熊出版官方網頁

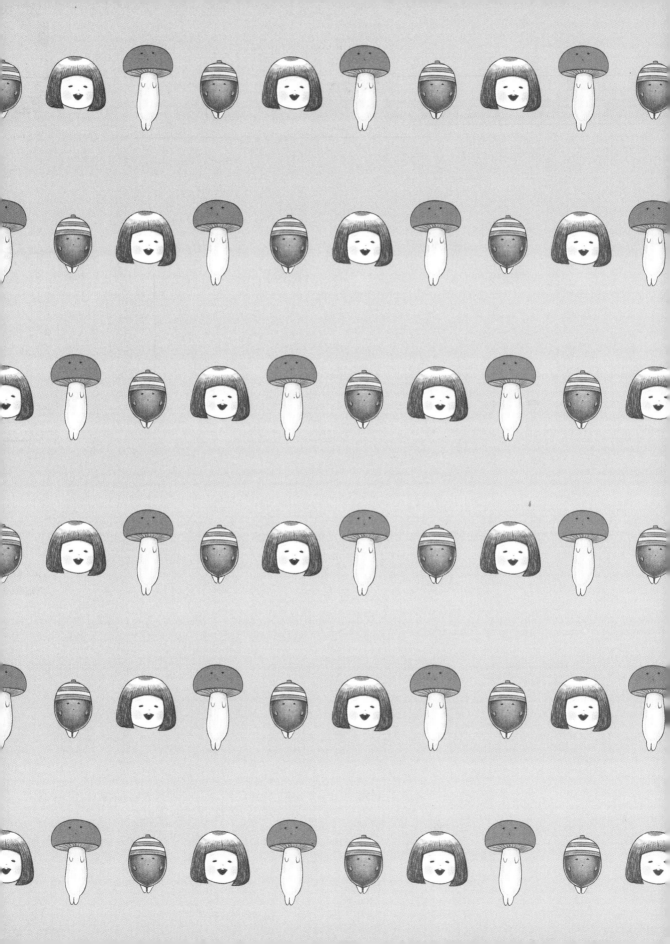